Linda Chapman

Sternenschweif

Der goldene Schlüssel

1

„Höher, Sternenschweif, höher!", rief Laura. Verwegen sprang Sternenschweif über die Wipfel der höchsten Bäume. Seine Ohren waren aufmerksam gespitzt. Unter ihren Händen spürte Laura die Wärme seines schneeweißen Nackens. Eine Welle von Glück überflutete sie, während die Sterne an ihnen vorbeizogen. Sie hätte ewig so weiterfliegen können. Gab es etwas Schöneres, als ein Einhorn zu haben?

„Das macht so viel Spaß!", rief Sternenschweif, während er zum Sturzflug ansetzte und schwungvoll über eine mächtige Eiche hinwegfegte.

Meistens sah er wie ein ganz normales kleines graues Pony aus. Doch sobald Laura den Zauberspruch aufsagte, verwandelte er sich in ein wunderschönes weißes Einhorn mit einem silbern schimmernden Horn.

„Schade, dass ich Hannah nichts von dir erzählen kann", seufzte Laura. Gerade hatte sie an ihre vierzehnjährige Cousine gedacht, die bald zu Besuch kam. Hannah lebte weit weg. Deshalb sahen sie sich nicht besonders oft. Sie liebte Pferde genau wie Laura. Doch die Einhornmagie durfte niemandem verraten werden, der nicht selbst ein Einhorn hatte.

„Ich bin schon ganz gespannt", sagte

Sternenschweif. „Wie ist sie denn so?"
„Ganz verrückt nach Ponys." Laura grinste. „Meine Mutter leiht für sie eines aus, wenn sie kommt. Dann können wir gemeinsam ausreiten."

Laura konnte es gar nicht erwarten, Sternenschweif Hannah vorzustellen, auch wenn er vor ihrer Cousine ein Pony bleiben musste. „Jetzt sollten wir uns aber auf den Rückweg machen", meinte sie. „Es ist schon spät."

Sie flogen zurück zur Farm. Dort lebte Laura mit ihren Eltern, ihrem achtjährigen Bruder Max und seinem Berner Sennenhund Buddy. Sternenschweifs Koppel lag etwas abseits hinter der Farm und konnte nur von Lauras Fenster vom Haus aus gesehen werden.

Sternenschweif landete sacht auf dem kurzen Wintergras. Laura rutschte von seinem Rücken. Sofort spürte sie die Kälte auf ihren Wangen. Solange sie auf Sternenschweifs Rücken saß, war ihr niemals kalt. Aber jetzt fühlte sie die feuchte Novemberluft.

„Ich lege dir heute Nacht lieber deine Decke über, damit du es schön warm hast", beschloss sie.

Rasch sagte sie den Zauberspruch auf, der ihn zurückverwandelte. Ein violetter Blitz flammte auf, und Sternenschweif war wieder ein kleines graues Pony mit struppigem Winterfell und zerzauster Mähne. Aber da war immer noch ein magisches Funkeln in seinen Augen.

Laura holte seine wasserdichte Decke

aus der Stallkammer und schnallte sie fest. „Bis morgen“, sagte sie leise. Sternenschweif schnaubte ihr zum Abschied sanft durch die Haare.

„Ist das kalt heute!“, schimpfte Jessica am nächsten Morgen, als sie mit Laura und Mel aus dem Schulbus stieg.

Laura nickte und zog ihre Jacke enger. Über ihnen hingen dicke graue Regenwolken. Sehnsüchtig dachte sie an die langen heißen Sommertage, die Picknicks und Ritte zum Fluss. Sie seufzte. „Ich wünschte, es wäre das ganze Jahr über Sommer!"

„Wirklich?", fragte Mel überrascht. „Aber dann gäbe es nicht diese tollen Tage, an denen es so kalt ist, aber die Sonne scheint. Und es gäbe keinen Schnee."

„Da hast du recht", erwiderte Laura. Sie dachte an ihre Cousine. „In Florida, wo Hannah lebt, wird es niemals richtig kalt."

„Sie kommt morgen Nachmittag, nicht wahr?", fragte Jessica.

Laura nickte. „Sie hat genau wie wir Freitag und Montag schulfrei. Ihr müsst uns unbedingt besuchen. Ich wette, sie möchte

Silver und Sandy sehen. Sie ist genauso verrückt nach Ponys wie wir!"

„Dann müssten wir uns ja gut verstehen." Jessica grinste.

„Ich habe eine Idee", rief Mel. „Warum veranstalten wir zu ihrer Begrüßung nicht eine Ponyparty? Wir putzen unsere Ponys heraus, malen ein Begrüßungsplakat und servieren lauter leckere Sachen, die irgendwie mit Ponys zu tun haben."

„Super!" Laura strahlte. „Hannah hatte letzte Woche Geburtstag. Heute nach der Schule wollte ich noch ein Geschenk für sie kaufen."

„Wir könnten morgen früh rüberkommen und alles vorbereiten", schlug Jessica vor.

„Cool!" Laura lachte ihre Freundinnen an. Das würde Hannah bestimmt gefallen!

2

„Wie war's?", fragte Mrs Foster, als Laura nach der Schule ins Auto stieg.

„Ganz gut", antwortete Laura, während sie ihre Schultasche zu ihren Füßen verstaute. „Du glaubst nicht, wie viel Hausaufgaben wir aufhaben. Dabei haben wir nur zwei Tage frei."

„Am besten machst du sie, bevor Hannah kommt", meinte ihre Mutter. „Was hältst du davon, wenn wir ihr zum Geburtstag ein Buch bei Mrs Fontana kaufen?"

Laura nickte eifrig. „Bei ihr finden wir bestimmt genau das Richtige." Die alte Dame gehörte zu den wenigen Menschen, die Sternenschweifs Geheimnis kannten. Sie hatte selbst einmal ein Einhorn gehabt. Als Laura Sternenschweif bekam, hatte sie ihr ein wunderschönes altes Buch mit dem Titel ‚Geschichte der Einhörner' geschenkt. Darin stand alles über Einhörner und Arkadia, das magische Land ihrer Herkunft.

Es musste mindestens sechs Wochen her sein, seit Laura Mrs Fontana das letzte Mal gesehen hatte. Seltsam. Am Anfang hatte sie sie ständig um Rat gefragt, wie sie Sternenschweifs Magie am besten für andere Menschen und Tiere einsetzen konnten. Mittlerweile schienen sie viel selbständiger geworden zu sein.

Mrs Foster hielt auf einem der Parkplätze gleich vor der Buchhandlung. Über dem Schaufenster hing ein braunes Schild, auf dem in goldenen Buchstaben stand: ‚Mrs Fontanas neue und gebrauchte Bücher'.

„Geh schon vor", sagte Mrs Foster. „Ich muss noch Hundefutter kaufen und in die Apotheke. Ich komme gleich nach."

Als Laura die Eingangstür öffnete, klingelte ein Glöckchen. Mrs Fontanas süßer schwarz-weißer Terrier lief über den ausgeblichenen Rosenteppich auf sie zu.

„Hallo, Walter." Laura beugte sich vor und kraulte den kleinen Hund hinter den Ohren. Dann richtete sie sich wieder auf und schaute sich um. Wie immer stapelten sich überall Bücher, gemütliche Sessel luden zum Schmökern ein. Aber von Mrs

Fontana keine Spur. Laura atmete den vertrauten Geruch von schwarzen Johannisbeeren ein, der immer in der Luft zu hängen schien. Sie ging zu den Pferdebüchern.

Plötzlich hörte sie ein lautes Husten. Mrs Fontana kam aus dem Warenlager am anderen Ende des Ladens. Ohne Laura zu bemerken, lehnte sie sich geschwächt an ein Bücherregal und rang nach Atem. Gleich darauf musste sie wieder husten. Laura erschrak. Mrs Fontanas Gesicht war bleich und ihre Falten schienen viel tiefer

als sonst zu sein. Sie war dünn geworden, und die Hand, mit der sie sich am Regal festhielt, zitterte.

„Mrs Fontana“, sagte Laura leise.

Mrs Fontana drehte sich um. Als sie Laura erblickte, richtete sie sich rasch auf und lächelte. „Laura! Ich habe dich gar nicht kommen hören. Was für eine nette Überraschung!“

„Ich suche ein Buch für meine Cousine.“ Laura runzelte die Stirn. „Geht es Ihnen nicht gut?“

„Mit mir ist alles in Ordnung.“ Mrs Fontana unterdrückte ein Husten. „Nur mein Alter macht mir ein wenig zu schaffen.“

„Sternenschweif könnte Ihnen bestimmt helfen“, meinte Laura eifrig. Sein magisches Horn hatte Heilkräfte.

„Oder wir holen Ihnen Wasser vom Wasserfall der Sterne. Wenn Sie davon trinken, geht es Ihnen bestimmt wieder besser.“ Vor einer Weile waren Sternenschweif und sie zu dem magischen Wasserfall an der Grenze zu Arkadia geflogen. Das Wasser hatte Silver geheilt, als er schwer krank gewesen war.

„Nein, mein Kind“, erwiderte Mrs Fontana bestimmt. Ihre blauen Augen schauten Laura weise und traurig zugleich an. „Einhorn-Magie kann mir nicht helfen. Ich bin krank, weil ich alt bin. Das ist alles. Daran lässt sich nichts ändern.“

Laura starrte sie ungläubig an. „Aber wir müssen doch etwas tun können!“

Mrs Fontana ergriff Lauras Hände. „Dieses Mal nicht. Die Zeit vergeht. Menschen werden alt." Ihre Stimme wurde sanfter. „So ist das nun einmal, Laura. Sternenschweif und du, ihr müsst Menschen und Tieren helfen, die euch wirklich brauchen. Ihr dürft seine magischen Kräfte nicht dafür verschwenden, den Lauf der Natur aufhalten zu wollen."

Niedergeschlagen senkte Laura den Kopf. Sie konnte das einfach nicht glauben.

Mrs Fontana drückte tröstend ihre Hand. „Ich habe etwas für dich. Warte hier."

Sie kehrte ein paar Minuten später mit einer kleinen Kiste aus violettem Leder zurück. Die Ecken waren mit verblichenem Gold verziert, im Schlüsselloch steckte ein goldener Schlüssel.

„Das ist für dich", erklärte Mrs Fontana. Neugierig griff Laura nach dem Schlüssel.

„Nein“, rief Mrs Fontana hastig. „Öffne sie noch nicht!“

„Soll ich warten, bis ich zu Hause bin?“, fragte Laura verwirrt.

Mrs Fontana schüttelte den Kopf. „Du darfst sie erst öffnen, wenn der richtige Zeitpunkt gekommen ist“, sagte sie geheimnisvoll.

„Und wann ist das?“

„Du wirst es wissen, Laura. Du wirst es wissen." Mrs Fontana strich liebevoll über das Leder. „Pass gut darauf auf für mich", sagte sie leise.

Laura musterte die Kiste. Sie war schwer. Das Äußere fühlte sich ganz weich an. Laura brannte darauf zu wissen, was sie verborgen hielt.

„So", Mrs Fontanas Stimme wurde sachlich, „du suchst also ein Buch für deine Cousine? Ist das die, die auch gerne reitet?"

Laura nickte, und Mrs Fontana zeigte ihr verschiedene Pferdebücher. Laura hatte sich gerade für eines entschieden, als ihre Mutter die Buchhandlung betrat.

Lächelnd kam sie auf sie zu. „Wie geht es Ihnen, Mrs Fontana?"

„Ganz gut", erwiderte die alte Frau.

„Hast du etwas gefunden, Laura?“

„Hab ich.“ Laura nahm das Buch und die Kiste an sich.

„Was ist denn das?“, fragte Mrs Foster neugierig.

„Nur ein bisschen Krimskrams“, erwiderte Mrs Fontana hastig, „der ihr vielleicht gefällt.“ Sie lächelte Laura an. „Ich denke, ich habe es in die richtigen Hände gelegt.“

Mrs Fontana ging langsam zur Kasse und tippte den Betrag des Buches ein. Plötzlich öffnete sich die Tür und eine etwa dreißigjährige Frau mit kurzen braunen Haaren kam herein. Als ihr Blick auf Mrs Fontana fiel, runzelte sie die Stirn und eilte zur Kasse.

„Tante Margaret! Ich habe dir doch gesagt, dass das viel zu anstrengend für dich ist. Was ist mit dem Zettel passiert, den ich an die Tür gehängt habe und auf dem ‚Geschlossen' stand?"

„Ich habe ihn abgenommen", erwiderte Mrs Fontana gelassen. „Mir geht es gut, Catherine." Sie wandte sich an ihre Besucher. „Das ist meine Nichte Catherine Thomas. Sie hilft mir seit ein paar Wochen aus. Catherine, das sind Mrs Foster und ihre Tochter Laura."

„Guten Tag." Catherine lächelte höflich. Dann richtete sie ihre Aufmerksamkeit wieder auf ihre Tante. „Bitte, setz dich hin und ruh dich ein wenig aus."

„Wie du willst." Mrs Fontana wandte sich an Laura. „Grüß Sternenschweif von mir." Ihre Augen trafen sich.

„Das mache ich", versprach Laura.

Mrs Fontana drehte sich um. Catherine legte ihr eine Hand auf die Schulter. „Du musst dich wirklich mehr schonen."

Sie führte ihre Tante nach hinten.

„Mrs Fontana sah nicht besonders gut aus", meinte Lauras Mutter besorgt, als sie in den Wagen stiegen.

„Sie hat ganz schrecklich Husten."

„Ich bin froh, dass ihre Nichte sich um sie kümmert." Mrs Foster warf einen Blick auf die Kiste. „Was ist eigentlich da drin?"

Laura zögerte. Sie wollte ihrer Mutter nicht sagen, dass sie sie nicht öffnen durfte. „Ach, lauter Zeug", nuschelte sie, „über Pferde."

„Das ist aber nett von Mrs Fontana, sie dir zu schenken." Ihre Mutter ließ den Motor an. „Sie scheint dich sehr zu mögen.

Erst hat sie dir dieses schöne alte Buch gegeben und nun die Kiste."

Nachdenklich strich Laura über das Leder. Was war da bloß drin? Ein Hauch von Magie schien in ihren Finger zu prickeln. Laura war sich sicher, dass, was immer darin war, etwas mit Einhörnern zu tun hatte. Wenn sie sie doch nur öffnen dürfte! Aber sie sollte noch warten. Fragte sich nur, wie lange? Wann war der richtige Zeitpunkt?

Mrs Fontanas Stimme schien in ihren Ohren zu klingen: „Du wirst es wissen, Laura. Du wirst es wissen."

3

Sternenschweif wartete schon am Gatter auf sie. Neugierig blickte er auf die Kiste.

„Mrs Fontana hat sie mir geschenkt", erklärte Laura. „Aber ich darf sie noch nicht öffnen."

Sternenschweif schnupperte daran. Er atmete tief ein und schaute Laura an. Sie hätte zu gerne gewusst, was er dachte.

„Sobald ich kann, komme ich heute Abend wieder zu dir. Dann können wir in aller Ruhe reden." Sie streichelte seinen

Hals. „Ich ziehe schnell meine Reitsachen an. Wir haben wenig Zeit, weil ich schrecklich viel Hausaufgaben aufhabe, aber für einen Ausritt in den Wald reicht es." Sie küsste seine Nase. „Bin gleich wieder da."

Bald darauf waren sie zu einem ihrer Lieblingsplätze unterwegs. Es war eine große Lichtung im Wald mit steilen Hügeln,

die sie nach Herzenslust auf und ab galoppieren konnten.

Als sie näher kamen, hörte sie die vertrauten Stimmen von Jo-Ann und Grace, deren Mutter der Reiterhof Apfelhain gehörte.

„Hallo, Laura!“, rief Grace zur Begrüßung. Sie saß auf ihrer grauen Stute Apple. Ihre beste Freundin Jo-Ann stürmte auf ihrem Fuchs Beauty über die Hügel.

Laura ritt zu ihr. „Wie geht es Nachtwind?“

Nachtwind war Apples Fohlen und wie Sternenschweif ein Einhorn. Laura hatte Grace geholfen, das herauszufinden, und so war Grace nun Apples Einhorn-Freundin. Er war noch zu jung, um geritten zu werden. Aber nachts verwandelte sie ihn oft in ein Einhorn, um mit ihm zu spielen.

„Dem geht's gut." Grace strahlte. Sie senkte ihre Stimme. „Er kann schon viel besser fliegen …" Sie brach ab, als Jo-Ann und Beauty sich zu ihnen gesellten.

„Machst du mit, Laura?", fragte Jo-Ann. „Wir versuchen gerade herauszufinden, wer am schnellsten über unseren Parcours reiten kann."

„Cool!" Laura hätte gerne noch länger mit Grace gesprochen, doch das mussten sie wohl auf ein anderes Mal verschieben. „Klar mache ich mit. Wo läuft er denn lang?"

Jo-Ann zeigte ihr die Strecke. Abwechselnd galoppierten die drei Mädchen los und stoppten sich gegenseitig die Zeit. Jo-Ann gewann jedes Mal, aber das war auch nicht anders zu erwarten gewesen. Sie war eine waghalsige Reiterin und Beauty unglaublich schnell. Laura machte das nichts aus. Es reichte ihr, dabei zu sein. Nach drei Runden gönnten sie den Ponys eine Verschnaufpause. „Deine Cousine Hannah kommt morgen, nicht wahr?“, fragte Grace.

Laura nickte. „Ja, ich kann es kaum mehr erwarten.“

„Meine Mutter hat mir gesagt, dass sie euch Birdie ausleihen wird“, fuhr Grace fort. „Soll ich ihn morgen Nachmittag zu euch bringen?“

„Das wäre toll“, erwiderte Laura. „Hannah wird bestimmt ganz verrückt nach ihm sein. Wir haben ihr nichts erzählt. Es soll eine Überraschung werden.“

„Birdie wird es auch gefallen“, meinte Grace. „Er ist ziemlich lebhaft und wird deshalb nicht oft im Unterricht eingesetzt. Aber deine Mutter meinte, dass Hannah eine gute Reiterin sei."

Laura lächelte. „Sie reitet, seit sie drei ist. Und hat schon an jeder Menge Turniere teilgenommen."

Jo-Ann nahm die Zügel wieder auf. „Lasst uns noch eine Runde machen. Wie wär's, wenn wir dieses Mal alle gleichzeitig starten?"

Laura schnalzte mit der Zunge, und Sternenschweif schoss mit den anderen los.

Nach dem Abendessen half Laura ihrer Mutter das Gästezimmer für Hannah vorzubereiten. Sie bezogen das Bett, und Laura suchte einige ihrer Lieblingspferdebücher für den Nachttisch aus. Hübsch verpackt legte sie Hannahs Geschenk mitten aufs Bett.

„Ich freue mich schon so auf Hannah."

„Ich mich auch", erwiderte ihre Mutter. „Kaum zu glauben, dass wir sie vor einem Jahr zuletzt gesehen haben. Aber bevor sie da ist, solltest du deine Hausaufgaben machen", erinnerte ihre Mutter sie lächelnd.

Laura seufzte. „Ich weiß.“

Endlich waren alle Hausaufgaben erledigt, und Laura machte sich auf den Weg zu Sternenschweif. Schnell sprach sie den Verwandlungszauber:

Silberstern, Silberstern,
hoch am Himmel, bist so fern.
Funkelst hell und voller Macht,
brichst den Bann noch heute Nacht.
Lass dies Pony grau und klein
endlich doch ein Einhorn sein.

Ein violetter Blitz flammte auf, und Sternenschweif verwandelte sich in ein Einhorn.

„Ich würde zu gerne wissen, was in der Kiste ist“, sagte Sternenschweif neugierig. „Sie riecht nach Magie.“

„Ich wette, es hat irgendetwas mit Einhörnern zu tun“, überlegte Laura. „Fragt sich nur, was.“

„Wann darfst du sie öffnen?“

„Das weiß ich eben nicht. Mrs Fontana hat nur gesagt, ich müsse warten, bis die Zeit dafür gekommen sei.“ Laura seufzte. „Manchmal wünschte ich, Mrs Fontana würde nicht dauernd in Rätseln sprechen!“

„So ist sie eben. Sie möchte, dass wir die Antworten selbst herausfinden. Komm“, Sternenschweif schubste Laura an, „lass uns lieber eine Runde fliegen.“

Laura grinste und kletterte auf seinen Rücken. Gemeinsam schossen sie zu den Sternen empor.

4

„Wirf mir mal das Shampoo rüber, Laura!", rief Mel am nächsten Morgen. Mel, Laura und Jessica hatten beschlossen, ihre Ponys nicht nur auf Hochglanz zu striegeln, sondern auch die Schweife zu waschen.

Laura schleuderte die Flasche zu Mel. Als sie dabei Sternenschweifs Schweif losließ, fegte er ihn schwungvoll von einer Seite zur anderen. Dicke Wassertropfen spritzten nach allen Seiten. Die Mädchen quietschten.

„Danke für die Dusche!", sagte Laura.

Sternenschweif blickte sich verschmitzt nach ihr um und schnaubte vergnügt.

Mit einem Tuch trocknete Laura seinen Schweif und wischte anschließend seinen Rücken. Zufrieden betrachtete sie ihr Werk.

„So langsam sollten wir fertig werden“,

meinte Laura, als Mel das Shampoo aus Silvers Schweif spülte.

„Wir müssen noch das Banner aufhängen", sagte Jessica. „Und das Essen rausstellen", ergänzte Mel.

Die drei sausten eifrig hin und her. Das Banner hatten sie gleich als Erstes gemacht und in großen Buchstaben ‚Happy Birthday, Hannah!' daraufgeschrieben. Danach hatten sie Plätzchen gebacken, die wie Ponys aussahen. Bald standen Kekse, Kuchen und Schüsseln mit Apfel- und Möhrenstücken einladend auf einem Tisch neben dem Stall. Die Ponys glänzten um die Wette.

„Das Einzige, was jetzt noch fehlt, ist Hannah", meinte Mel nach einem zufriedenen Blick in die Runde.

Plötzlich näherte sich ein Auto. „Da sind

sie!", rief Laura aufgeregt. Ihr Vater war schon früh losgefahren, um Hannah vom Flughafen abzuholen.

Laura, Jessica und Mel liefen zum Haus hoch. „Hannah!", schrie Laura, als ein großes Mädchen mit braunen Haaren ausstieg.

Verwirrt blieb sie stehen. Hannah hatte sich ganz schön verändert. Ihre unbändigen Locken waren ebenso verschwunden wie ihr zotteliger Pferdeschwanz.

Stattdessen fiel ihr Haar schnurgerade und glänzend auf ihre Schultern. Sie war geschminkt und ihre Nägel schimmerten silbern. Laura blinzelte verwirrt. Früher hatte Hannah nichts als Reithosen und Sweatshirts getragen. Jetzt stand sie in modischen Jeans und glänzender Jacke vor ihr. Aber ihr breites Lächeln war geblieben.

„Hallo, Laura!", sagte sie.

Laura wusste nicht, ob sie Hannah umarmen sollte. Ihre Cousine sah so erwachsen aus! Glücklicherweise nahm Hannah ihr die Entscheidung ab. Sie trat einen Schritt vor und nahm Laura in den Arm. „Schön, dich wiederzusehen!"

Mrs Foster kam auf sie zu. „Schicker Haarschnitt, Hannah."

„Danke, Tante Alice", erwiderte Hannah.

Laura fiel ein, dass sie ihre Freundinnen noch gar nicht vorgestellt hatte. Sie drehte sich um. „Hannah, das sind meine Freundinnen Mel und Jessica."

„Hallo", riefen beide gleichzeitig.

Hannah lächelte. „Schön, euch kennenzulernen."

„Wir müssen dir unbedingt etwas zeigen", sprudelte Laura heraus. „Unten beim Stall!"

Die Ponys drehten ihnen die Köpfe zu, als sie sie kommen hörten. Sternenschweif wieherte zur Begrüßung und das Banner flatterte fröhlich im Wind.

„Wow!", rief Hannah überrascht. Sie warf einen Blick auf die Ponys, dann sah sie die Fahne und strahlte. „Ihr habt an meinen Geburtstag gedacht!"

„Aber natürlich. Laura, Jessica und Mel haben sich den ganzen Morgen für deine Willkommensparty ins Zeug gelegt", erzählte Mrs Foster lächelnd. „Nimm dir etwas zu trinken und einen Keks, Hannah. Du bist bestimmt hungrig."

„Und wie", erwiderte Hannah. Sie ging zum Tisch und bediente sich. „Das sieht ja alles superlecker aus."

Sternenschweif wieherte erneut, aber Hannah drehte sich nicht einmal um. Laura konnte es nicht glauben. Hannah hatte kein einziges Wort zu den Ponys gesagt – und dabei hatten sie sich so viel Mühe mit ihnen gegeben!

„Der, der gerade gewiehert hat, heißt übrigens Sternenschweif", versuchte Laura Hannahs Blick auf die Ponys zu lenken.

Hannah schaute sich kurz um. „Das ist also dein Pferd. Nett. Kann ich ein Stück Kuchen haben, Tante Alice?"

Verwundert starrte Laura sie an. Hannah hatte noch nicht einmal richtig hingesehen! Aber so schnell gab sie nicht auf.

„Mel gehört der Apfelschimmel. Er heißt Silver", fuhr sie fort. Mel und Jessica fütterten unterdessen die Ponys mit Möhren. „Und der Palomino ist Sandy. Er gehört Jessica. Na ja, eigentlich gehört er ihr und ihrer Stiefschwester Samantha. Aber Samantha reitet nicht mehr so oft. Sie interessiert sich jetzt eher für andere Dinge."

„Geht mir genauso", erwiderte Hannah lässig. „Ich war ewig in keinem Stall mehr."

Hätte sie gesagt, sie wäre auf dem Mond spazieren gegangen, hätte Laura das nicht

mehr überrascht. „Du machst Witze!"
Hannah zuckte die Schultern. „Ich habe einfach keine Zeit mehr für diesen ganzen Pferdekram. Ich höre lieber Musik mit meinen Freundinnen oder gehe bummeln. Außerdem ...", sie errötete leicht, „habe ich einen festen Freund."

Laura traute ihren Ohren nicht! Pferde waren früher Hannahs ganze Welt gewesen! Bevor sie sich von dem Schreck erholt hatte, schaute Hannah sich suchend um. „Wo ist Max, Tante Alice?"

„Bei seinen Freunden Leo und Steven. Sie sind alle drei ganz verrückt aufs Skateboardfahren", antwortete Mrs Foster. „Aber zum Mittagessen ist er da. Und dann lernst du auch Buddy kennen."

Benommen ging Laura zu Mel und Jessica. „Hat Hannah gerade tatsächlich gesagt, dass sie sich nichts aus Ponys macht?“, zischte Jess empört.

Laura nickte. Sie konnte es einfach nicht fassen! Wieso interessierte sich Hannah plötzlich nicht mehr für Pferde? „Ich kapier's nicht“, antwortete sie verwirrt. „Hannah war immer ganz verrückt nach Pferden.“

„Menschen ändern sich eben“, meinte Mel mit einem Achselzucken.

„Mit Samantha war's genauso“, sagte Jess. „Sie kümmert sich überhaupt nicht mehr um Sandy.“

Laura stöhnte. Mit den Pferdebüchern auf Hannahs Nachttisch und dem Geburtstagsgeschenk lag sie also völlig daneben! Sternenschweif schien ihr Unbehagen zu spüren. Tröstend rieb er seinen Kopf an ihrer Schulter.

„Ich zeige Hannah ihr Zimmer", rief Mrs Foster.

„Jess und ich reiten jetzt wohl besser zu uns rüber", meinte Mel.

Jessica nickte erleichtert. „Hannah und du habt euch bestimmt eine Menge zu erzählen."

Laura nickte niedergeschlagen. Ihre Freundinnen schienen genauso enttäuscht wie sie, dass Hannah sich so wenig über ihre Willkommensparty gefreut hatte. Und dabei hatten sie es sich doch so schön ausgemalt, wie sie den Rest des Tages gemeinsam mit den Ponys verbringen würden. Ihre ganze Mühe war umsonst gewesen.

Als Laura in das Gästezimmer kam, packte Hannah gerade ihr Geschenk aus. „Sieh mal an, ein Pferdebuch!" Hannah bemühte sich begeistert zu klingen. „Danke, Tante Alice! Danke, Laura!"

Lauras Wangen brannten. „Ich wusste nicht, dass du dich nicht mehr so für Pferde interessierst."

„Wir können es jederzeit umtauschen", sagte Mrs Foster.

Sie ging zur Tür. „Unterhaltet ihr beiden euch noch ein bisschen. Ich rufe, wenn das Mittagessen fertig ist."

Hannah begann ihren Koffer auszupacken. Obenauf lagen einige Zeitschriften.

„Findest du diese Sängerin auch so toll?", fragte Hannah und zeigte auf eines der Cover. „Ihre Stimme ist echt cool. Ich liebe ihre Lieder. Es gibt gerade sowieso so viel tolle Musik.“ Sie lächelte begeistert. „Ich habe den ganzen Koffer voller CDs. Die können wir alle hören.“

Laura zuckte die Schultern. Sie war keine sehr begeisterte Musikhörerin. Und mit den verschiedenen Bands kannte sie sich auch nicht so gut aus.

„Ich habe außerdem meine Schminksachen und ganz viel Nagellack dabei.“ Sie lächelte. „Ich schminke dich gerne, wenn du magst.“

Laura nickte beklommen. Sie konnte einfach nicht glauben, dass Hannah so etwas von sich gab. Die Hannah, die sie kannte, hatte immer zerzauste Haare und dreckige Fingernägel gehabt.

„Wir können auch bummeln oder ins Kino gehen“, fuhr Hannah begeistert fort.

„Ja, klar“, murmelte Laura. So viel zu den gemeinsamen Ausritten und all den anderen Sachen, die sie sich für Hannah und die Ponys überlegt hatte. Erschrocken dachte sie daran, dass Grace am Nachmittag Birdie herüberbringen wollte. „Ich muss Mum schnell was sagen“, erklärte sie rasch und lief in die Küche. Sie musste ihre Mutter bitten, Grace abzusagen.

Aber zu ihrer Überraschung wollte Mrs Foster dies nicht tun. „Hannah ist gerade erst angekommen. Wenn sie sich ein bisschen eingewöhnt hat, möchte sie vielleicht doch reiten. Außerdem haben wir alles schon ausgemacht.“

„Aber sie macht sich nichts mehr aus Ponys!“, wandte Laura ein.

„Ich glaube nicht, dass Hannah sich

wirklich so sehr verändert hat. Es würde mich wundern, wenn unter all dem nicht irgendwo noch die alte, pferdeverrückte Hannah steckte."

Laura konnte sich das beim Gedanken an ihre geschniegelte Cousine kaum vorstellen. Aber vielleicht hatte ihre Mutter recht? Vielleicht musste Hannah einfach nur daran erinnert werden, wie sehr sie Pferde liebte?

„Wenn ich sie zu einem Ritt auf Sternenschweif überreden kann, fällt es ihr vielleicht wieder ein", dachte Laura. Entschlossen reckte sie den Kopf. „Das kann doch nicht so schwer sein. Bis heute Abend weiß Hannah wieder, dass es nichts Schöneres als Pferde gibt!"

5

Zum Mittagessen gab es gebackene Kartoffeln und große Schüsseln mit Bohnen, geriebenen Käse, Schinken und Salat.

„Das schmeckt echt lecker“, sagte Hannah und kaute genüsslich.

„Ich liebe gebackene Kartoffeln“, seufzte Max und häufte sich noch einen Löffel Käse auf seinen Teller.

„Wuff“, stimmte Buddy ihm zu, als etwas Käse auf den Boden fiel. Sofort machte er sich darüber her.

Laura grinste. „Buddy scheint das auch so zu sehen!“

„Habt ihr schon Pläne für heute Nachmittag?“, fragte Mrs Foster.

„Ich dachte, wir reiten mit Sternenschweif ein paar Runden auf der Koppel“, schlug Laura vor. „Wir können auch ein paar Hindernisse aufbauen.“ Sie schaute ihre Cousine erwartungsvoll an. Die alte Hannah hatte das Springen geliebt.

Die neue Hannah schien nicht besonders wild darauf zu sein. „Ich gucke dir gerne dabei zu, Laura.“ Sie strich über ihre Haare. „Aber selbst reiten möchte ich nicht. Wenn ich eine Reitkappe aufsetze, werden meine Haare ganz kraus. Und es dauert Stunden, sie zu glätten.“

Laura starrte sie ungläubig an. Hannah

wollte nicht reiten, weil es ihre Frisur ruinierte! Vielleicht war ihr Plan doch nicht so gut? Vielleicht hatte Hannah sich tatsächlich total verändert?

„Warum schaust du nicht einfach zu und entscheidest dann?", meinte Mrs Foster.

Laura nickte bekräftigend. „Ich wette, du kannst nicht widerstehen, wenn du erst einmal siehst, wie toll Sternenschweif springt."

Hannah wand sich unbehaglich. „Laura, ich ..."

Aber Laura ließ sie nicht ausreden. „Komm, du wirst schon sehen."

Nachdem sie den Tisch abgeräumt hatten, gingen Hannah und Laura nach draußen.

„Es ist wunderschön hier", meinte Hannah. Sie blickte über die Felder zu den dicht bewaldeten Bergen, die sich an die Farm anschlossen.

„Das finde ich auch." Laura beschloss, das Gespräch aufs Reiten zu lenken. „Alle meine Freundinnen reiten. Im Wald gibt es einen Fluss, in dem wir uns im Sommer mit den Ponys abkühlen. Und jede Menge Hügel, die man hinauf- und hinunterreiten kann, Gräben, um das Springen zu üben, und Sandwege zum Galoppieren."

Hannah nickte. „Früher hätte ich das auch toll gefunden."

Entschlossen fuhr Laura fort: „Du musst unbedingt meine Freundinnen Grace und Jo-Ann kennenlernen. Sie sind vierzehn und lieben das Reiten immer noch. Wir sind oft gemeinsam unterwegs."

„Was du nicht sagst", meinte Hannah gelangweilt.

Laura biss die Zähne zusammen. So schnell würde sie nicht aufgeben. „Komm, wir satteln Sternenschweif."

Insgeheim hatte sie gehofft, dass Hannah ihr dabei helfen würde. Aber ihre Cousine stand nur daneben und musterte ihre lackierten Nägel. Laura beschloss, ihr von Birdie zu erzählen. Vielleicht benahm sie sich anders, wenn sie erfuhr, dass sie ein paar Tage ein Pony ganz für sich allein haben würde.

„Grace bringt nachher ein Pony für dich rüber. Es heißt Birdie. Mum hat ihn für dich ausgeliehen."

„Oh." Hannah klang nicht gerade begeistert.

„Er reitet sich prima“, schwärmte Laura. „Und ist ziemlich lebhaft. Er wird dir sicher gefallen. Wir können zusammen …“

„Tut mir leid, Laura“, fiel Hannah ihr ins Wort, „ich will kein Spielverderber sein. Aber ich möchte wirklich nicht reiten.“

„Aber …“

„Kein Aber.“ Hannah klang ungehalten. „Ich weiß, dass du das anders siehst. Aber

Ich bin da einfach rausgewachsen. Hör also auf, mir etwas aufdrängen zu wollen!"

Sie drehte sich um und ging schnurstracks zurück zum Haus.

Laura und Sternenschweif starrten ihr nach. Laura fühlte sich grauenvoll. Das hatte sie nicht gewollt! Jetzt war Hannah sauer auf sie. Und dabei hatte sie nur versucht, sie wieder fürs Reiten zu begeistern.

„Lass uns zur geheimen Lichtung reiten", sagte sie niedergeschlagen zu Sternenschweif. „Dort kann ich dich verwandeln und mit dir reden."

Sternenschweif nickte.

Die geheime Lichtung lag tief im Wald, am Ende eines überwucherten Pfades. Sie gehörte zu Lauras absoluten Lieblingsplätzen. Magie war dort überall zu spüren. Violette Blumen schmückten das kurze Gras. Im Sommer flirrten Schmetterlinge durch die Luft und nachts erhellten Leuchtkäfer wie kleine Taschenlampen die Dunkelheit. Es war der einzige Ort, an dem Laura sich wirklich sicher fühlte, wenn sie Sternenschweif tagsüber verwandelte. Niemand sonst schien jemals dorthin zu kommen.

Kaum angelangt, sagte Laura den Verwandlungszauber auf.

„Was war denn das?“, fragte Sternenschweif verwundert. „Hast du nicht gesagt, Hannah würde Ponys mögen?“

„Das war einmal.“ Laura fuhr über ihre Stirn. „Jetzt hält sie das für Kinderkram.“

Sternenschweif sah Laura erschrocken an. „Das würdest du niemals tun, oder?“

„Aber nein!“ Laura umarmte ihn, so fest

sie nur konnte. „Niemals! Das verspreche ich dir!“

Sternenschweif schnaubte erleichtert.

Laura seufzte. Sie dachte an Hannahs schicke Frisur, ihre lackierten Fingernägel, die Musikmagazine und ihren Freund. „Wir haben uns früher immer so gut verstanden! Ich hatte gehofft, dass sie tief drinnen immer noch genauso denkt wie damals. Und ich sie nur daran erinnern müsste, wie sehr sie Pferde liebt.“

Sternenschweif schaute sie mitfühlend an. „Das hat wohl nicht funktioniert.“

Laura schüttelte den Kopf. „Kein bisschen. Und jetzt habe ich auch noch ein schlechtes Gewissen, weil sie sauer auf mich ist.“

Sternenschweif rieb tröstend seine Nase

an ihrer Schulter. „Aber den Versuch war es wert. Mach dir keine Vorwürfe."

Laura lehnte ihren Kopf an seinen. Sternenschweif wusste immer ganz genau, was er sagen musste, damit es ihr wieder besser ging. „Ich bin so froh, dass ich dich habe", flüsterte sie.

Eine Weile verharrten sie regungslos.

Plötzlich richtete Laura sich wieder auf. „Lass uns zurückreiten. Ich sollte mich um Hannah kümmern, mit ihr Musik hören oder so. Wird schon nicht so schlimm sein."

Hannah war im Wohnzimmer und sah sich eine Musiksendung an. „Hallo", sagte sie zurückhaltend.

„Hallo", antwortete Laura unbehaglich. „Es tut mir leid, dass ich so schnippisch war", begann Hannah. „Aber ich hatte das Gefühl, du hörst mir überhaupt nicht zu, sondern versuchst die ganze Zeit, mich zu etwas zu überreden, wozu ich keine Lust habe."

„Mir tut's auch leid. Ich dachte, das Reiten würde dir vielleicht doch noch Spaß machen. Ich wollte dir nicht auf die Nerven gehen."

„Ist schon gut. Ich mache mir einfach nichts mehr aus Pferden." Hannah blickte auf den Fernseher. „Soll ich die Sendung ausmachen?"

„Lass nur, ich schau ein bisschen mit."

Hannah lächelte. „Prima."

Laura setzte sich neben sie. Es war okay, obwohl sie viel lieber draußen bei Sternenschweif gewesen wäre. Natürlich kannte sie keine einzige Band, während Hannah jede Menge über sie zu wissen schien. Verstohlen schaute Laura auf ihre Uhr.

„Ich muss wieder raus", sagte sie und stand auf. „Grace kommt gleich mit dem Pony, von dem ich dir erzählt habe." Sie sah Hannah erwartungsvoll an. Diesem Angebot konnte sie doch nicht widerstehen?

Doch Hannah konnte. Sie blätterte weiter in einem der Magazine, die neben ihr lagen. „Alles klar. Bis später."

Laura erreichte die Koppel, als Grace aus dem Wald kam. Birdies geschecktes Fell glänzte in der Sonne, mit gespitzten Ohren tänzelte er neben Apple her. Seine dunklen Augen sahen sie neugierig an.

„Hallo." Grace winkte ihr zu.

„Hi." Laura winkte zurück und ging auf

sie zu, um Birdies Zügel zu übernehmen. Übermutig schoss er vorwärts und rannte sie beinahe um.

„Hoppla, tut mir leid“, sagte Grace, während Laura ihn beruhigte. „Er ist noch ziemlich jung und war noch nicht so oft woanders. Es tut ihm bestimmt gut, ein paar Tage bei euch zu sein.“ Sie schaute sich um. „Wo ist denn deine Cousine?“

Laura wäre am liebsten im Boden versunken. Grace sollte auf keinen Fall denken, dass sie Birdie umsonst gebracht hatte. „Drinnen“, antwortete sie. „Aber sie kommt bestimmt gleich.“

Grace lächelte. „Ich wette, Birdie gefällt ihr. Ich muss gleich wieder zurück. Meine Mutter war mit einigen Ponys auf einem Turnier. Ich habe versprochen, bei ihrer

Rückkehr wieder da zu sein und ihr beim Ausladen zu helfen. Was hältst du davon, wenn wir morgen alle gemeinsam ausreiten? Du, ich, Jo-Ann und deine Cousine. Mel und Jess könnten wir auch fragen."

„Klingt gut", antwortete Laura ausweichend. „Danke, dass du Birdie gebracht hast. Ich ruf dich an."

Grace winkte zum Abschied, und Laura führte Birdie zum Gatter. Sternenschweif wieherte, und die beiden Pferde berührten sich zur Begrüßung mit ihren Nasen.

„Ich schätze, ich werde euch beide die nächsten Tage reiten, wenn Hannah es sich nicht anders überlegt", sagte Laura zu Birdie. „Ach, ich wünschte so, sie wäre noch wie früher", dachte sie traurig.

6

Laura lachte vergnügt, als Sternenschweif und sie nachts über die Baumwipfel schossen. Beinahe konnte sie vergessen, wie sehr Hannah sich verändert hatte.

Plötzlich sah sie etwas Gelbes zwischen den Bäumen aufblitzen und hörte einen Hund bellen.

„Das sind Mrs Fontana und Walter! Es muss ihr besser gehen, wenn sie nachts unterwegs ist. Lass uns zu ihnen fliegen!“

Mrs Fontana ging langsam den Weg ent-

lang. Sie spähte zwischen den Bäumen hindurch, so als hielte sie nach etwas Ausschau. Walter lief nicht voraus, wie er es sonst immer tat, sondern hielt sich dicht an ihrer Seite.

Sternenschweif wieherte und Mrs Fontana schaute auf. Einen Moment lang strahlte sie. Doch dann sanken ihre Schultern wieder nach vorne und der Ausdruck verschwand von ihrem Gesicht. Es schien, als habe sie jemand anderes erwartet.

„Hallo, Mrs Fontana", rief Laura.

„Guten Abend, ihr zwei", sagte Mrs Fontana lächelnd, als sie gelandet waren.

„Wie geht es Ihnen?", fragte Laura.

„So gut, wie man es erwarten kann." Mrs Fontana hustete und zog ihren dicken Schal enger um ihre Schultern. Laura

schaute sie besorgt an. Es ging ihr also nicht besser. Warum war sie dann in dieser kalten Novembernacht unterwegs?

„Es sieht wundervoll aus, wenn ihr

fliegt", sagte Mrs Fontana mit einem seltsamen, traurigen Lächeln. „Manchmal erinnerst du mich so sehr an mein Einhorn, Sternenschweif. Es hieß Mitternacht und hatte ein silbernes Horn, genau wie du. Seine Mähne reichte bis zum Boden, und er hatte die schönsten, dunkelsten Augen, die ich jemals gesehen habe."

Laura schaute sie an. Es gab etwas, das sie von Anfang an hatte fragen wollen. Aber irgendwie schien dafür nie der richtige Moment gewesen zu sein. „Warum haben Sie Ihr Einhorn nach Arkadia zurückgehen lassen, Mrs Fontana? Warum haben Sie sich von ihm getrennt?"

Mrs Fontana schwieg eine Weile. „Dinge ändern sich", antwortete sie. „Es war an der Zeit, ihn gehen zu lassen."

Sternenschweif wieherte ängstlich.

„Eines Tages wirst du das verstehen."

Laura war sich sicher, dass das niemals der Fall sein würde. Heftig schüttelte sie den Kopf. „Ich könnte mich nicht von Sternenschweif trennen. Niemals!"

„Es war auch für mich schwer." Mrs Fontanas Augen trübten sich mit alten Erinnerungen. „Das Schwerste, was ich jemals getan habe. Aber ich weiß, dass wir uns eines Tages wiedersehen und dann für immer zusammenbleiben werden."

„Sie werden sich wiedersehen?", fragte Laura ungläubig. „Wie? Wann?"

„Darauf kann ich dir keine Antwort geben", erwiderte Mrs Fontana leise. „Aber genug von mir. Hast du schon schöne Sachen mit deiner Cousine unternommen?"

Laura seufzte. „Hannah hat aufgehört zu reiten“, erklärte Sternenschweif.

„Oje! Und du hast dich so sehr auf sie gefreut, Laura.“

„Ich wünschte, Menschen würden sich nicht verändern“, meinte Laura betrübt.

Mrs Fontana blickte sie an. „Weißt du, meistens stellt sich heraus, dass sie tief im Innern gleich geblieben sind, egal wie alt und erwachsen sie geworden sind. Ich glaube, Hannah muss nur wieder daran erinnert werden, wie sehr sie Pferde liebt.“

„Meine Mutter hat das auch gesagt. Doch das stimmt nicht. Ich hab's ja versucht. Aber Hannah will lieber Musik hören und Zeitschriften lesen!“

„Sie hat sich wirklich alle Mühe gegeben“, bestätigte Sternenschweif.

„Hmm.“, Mrs Fontana runzelte die Stirn. „Vielleicht hast du es zu sehr versucht, Laura? Die meisten Menschen mögen es nicht, wenn man sie zu etwas zwingen will. Vielleicht gibt es eine Möglichkeit, Hannah mit den Ponys zusammenzubringen, ohne dass sie das Gefühl hat, du wolltest sie zu etwas drängen? Und ihr fällt wieder ein, wie gerne sie Pferde immer noch hat?“

Laura dachte angestrengt nach. „Hannah ist sehr hilfsbereit“, sagte sie nach einer Weile. „Wenn ich mich aus irgendeinem Grund nicht um Sternenschweif oder Birdie kümmern könnte, würde sie bestimmt ihre Hilfe anbieten.“

„Mir kommt da eine Idee.“ Sternenschweif schnaubte. „Warum tust du nicht so, als ob du krank wärst?“

„Das ist es!“ Laura sah ihn begeistert an. „Morgen früh tue ich so, als ob ich mich ganz schlecht fühle. Ich weiß, dass das gelogen ist – aber es ist schließlich für einen guten Zweck. Und einen Versuch wert.“

„Ich wecke sie mit meinem Wiehern auf, und du sagst ihr, dass du nicht aufstehen und Birdie und mich versorgen kannst“, heckte Sternenschweif ihren Plan weiter aus. „Dann will sie dir bestimmt helfen.“

„Und findet heraus, wie gerne sie das immer noch macht“, rief Laura aufgeregt.

Mrs Fontana lachte. „Das klingt gut. Seht ihr, euch fällt auch ohne mich etwas ein!“

Laura strahlte. „Und es könnte sogar funktionieren!“

Mrs Fontana musste husten, und ihr Gesicht verzog sich schmerzvoll.

„Kann ich helfen?" Sternenschweif senkte sein Horn.

„Nein." Mrs Fontana trat einen Schritt zurück. „Ich bin alt, das ist alles." Sie hustete erneut. „Ab mit euch. Ihr wollt doch sicher noch ein bisschen fliegen."

„Aber …", protestierte Laura besorgt.

„Geht", wiederholte Mrs Fontana bestimmt.

Laura spürte, dass es keinen Sinn hatte, noch etwas zu sagen. Sie schwang sich auf Sternenschweifs Rücken.

„Viel Glück mit Hannah", sagte Mrs Fontana. „Ich hoffe, euer Plan gelingt."

„Wir tun unser Bestes", versprach Laura.

„Das weiß ich. Das werdet ihr immer tun. Das ist es, was euch zwei zu etwas ganz Besonderem macht." Mrs Fontana lächelte, aber ihre Augen sahen traurig aus. Sie legte ihre Hand leicht auf Sternenschweifs Nacken und nickte Laura sanft zu. „Lebt wohl.“

Laura schaute sie erstaunt an, aber Sternenschweif hatte sich bereits vom Boden abgestoßen. Sie verspürte auf einmal den seltsamen Wunsch, Mrs Fontana nicht al-

lein zu lassen. „Auf Wiedersehen, Mrs Fontana", rief sie unsicher.

Mrs Fontana hob eine Hand. Dann drehte sie sich um und verschwand mit Walter zwischen den Bäumen.

Als Laura den Weg plötzlich so leer sah, spürte sie einen dicken Kloß im Hals. Sie schien von einer Welle von Traurigkeit überschwemmt zu werden.

„Sei nicht albern", ermahnte sie sich. „Mrs Fontana geht nur zwischen den Bäumen spazieren, wie sie es sonst auch immer tut."

Aber irgendetwas war dieses Mal anders gewesen.

„Alles in Ordnung?", fragte Sternenschweif, als ihre Hände sich in seiner Mähne verkrampften.

„Ich … ich fühle mich irgendwie komisch.“ Sie warf noch einen Blick auf den leeren Weg. „Ich weiß nur nicht, warum.“

„Geht mir genauso“, gestand Sternenschweif. „Mrs Fontana war heute anders als sonst.“ Er seufzte. „Glaubst du, unser Plan funktioniert?“

„Hoffentlich. Ich denke schon, dass Hannah ihre Hilfe anbietet, wenn sie glaubt, dass ich krank sei.“

„Ich sollte dann wohl besser nicht auf ihre Zehen treten oder zu kitzelig sein, wenn sie mich striegelt“, meinte Sternenschweif verschmitzt.

Laura sah in der Ferne das Farmhaus und dachte an Hannah. Ihre Cousine schlief bestimmt schon. Ob morgen alles so lief, wie sie es sich ausgedacht hatten?

7

Am nächsten Morgen wurde Laura von Sternenschweifs lautem Wiehern geweckt. Verschlafen rieb sie sich die Augen. Da war doch etwas gewesen … Sie versuchte sich zu erinnern.

Natürlich! Schlagartig war sie wach. Sternenschweif war offensichtlich schon dabei, ihren Plan in die Tat umzusetzen! Sie hüpfte aus dem Bett und lief ans Fenster. Sternenschweif stand am Gatter und wieherte ungeduldig.

Laura hörte, wie sich die Tür von Hannahs Zimmer öffnete. Sie raste zurück zum Bett und schlüpfte unter die Decke. Ihr Herz schlug wie verrückt. Es klopfte.

„Herein", sagte Laura.

„Ich bin's." Die Tür ging auf und Hannah schaute um die Ecke. „Hörst du es nicht? Sternenschweif wiehert schon seit einiger Zeit."

„Wahrscheinlich hat er Hunger“, erklärte Laura mit schwacher Stimme. „Ich sollte endlich aufstehen. Aber mir geht’s nicht gut.“

„Was ist denn los? Soll ich deine Mutter holen?“, fragte Hannah besorgt.

„Nicht nötig“, antwortete Laura rasch. „Mir ist nur ein bisschen schlecht. Wenn ich noch etwas liegen bleiben könnte, ginge es mir bestimmt bald wieder besser.“

Von der Koppel her hörten sie Sternenschweifs eindringliches Wiehern.

„Ich sollte jetzt wohl besser Sternenschweif und Birdie füttern.“ Laura seufzte. „Danach kann ich mich ja wieder hinlegen.“ Schwerfällig richtete sie sich auf.

„Lass nur. Ich übernehme das für dich“, bot Hannah an.

„Wirklich? Das würdest du tun?“

„Hast du doch gehört“, erwiderte Hannah knapp. „Du solltest lieber nicht aufstehen, wenn es dir nicht gut geht. Sag mir einfach, was sie zu fressen kriegen.“

„Eine Schaufel Getreide, eine von dem Aufbaufutter und ein paar Möhren“, antwortete Laura. „Wenn Birdie gefressen hat, kannst du ihn auf die Koppel stellen“, fügte sie hinzu, als Hannah nickte und sich zum Gehen wendete. „Eigentlich striegele ich Sternenschweif immer nach dem Frühstück. Aber das brauchst du natürlich nicht …“

„Ist schon gut“, unterbrach sie Hannah. „Das übernehme ich. Bleib du einfach im Bett liegen und werd wieder gesund. Und mach dir keine Sorgen. Ich zieh mich schnell an.“

Kaum hatte Hannah die Tür hinter sich zugezogen, lief Laura ans Fenster und hielt beide Daumen hoch. Sternenschweif wieherte zufrieden.

Laura schlüpfte in ihren Morgenmantel und setzte sich ans Fenster, um zu beobachten, was passierte.

Hannah lief geschäftig hin und her, brachte Sternenschweif Futter und wechselte sein Wasser. Sternenschweif tauchte seine Nase in den Eimer und prustete Hannah nass. Sie lächelte und tat so, als würde sie ihn ausschimpfen. Laura schöpfte Hoffnung. Hannah schien ihre Aufgabe Spaß zu machen.

Nachdem sie Birdie auf die Weide gebracht hatte, holte sie das Putzzeug und begann Sternenschweif zu striegeln. Als sie sich bückte, um den Schlamm von seinen Fesseln zu bürsten, gab Sternenschweif ihr einen kleinen Schubs. Hannah wäre beinahe umgekippt. Sie grinste und sagte etwas. Sternenschweif schaute sie schelmisch an. Hannah richtete sich auf und streichelte ihn. Sternenschweif stupste sie sanft. Einen Moment lang wirkte Hannah unschlüssig, dann lächelte sie und umarmte ihn.

„Gut gemacht“, flüsterte Laura zufrieden.

Hannah nahm Sternenschweifs wasserfeste Decke ab und holte eine weiche Bürste aus der Putzkiste. Während sie beim Putzen allmählich in einen gleichmäßigen Rhythmus verfiel, breitete sich ein fröhliches Grinsen auf ihrem Gesicht aus.

Sternenschweif schnaubte wohlig. Als sie seinen Nacken bürstete, legte er seinen Kopf auf ihre Schulter. Hannah kitzelte seine Nase und gab ihm einen Kuss.

Laura hätte am liebsten vor Freude gejubelt. Sternenschweif war einfach genial! Sie konnte unmöglich noch länger in ihrem Zimmer bleiben. Sie musste auf die Weide!

Hastig zog sie sich an und rannte nach draußen. Als Hannah sie kommen hörte, drehte sie sich um.

„Wie geht es dir?“, fragte sie besorgt.

„Schon viel besser.“ Laura beschloss, einen Test zu wagen. „Danke für deine Hilfe! Ich kann dich jetzt ablösen, wenn du willst.“

Gespannt hielt sie die Luft an, während Hannah zögerte. Sternenschweif schnaubte und stieß mit der Nase gegen Hannahs Arm.

„Es macht mir nichts aus, dir zu helfen“, meinte Hannah schließlich.

Gemeinsam striegelten sie Sternenschweif zu Ende. Dann kam Birdie an die Reihe.

„Reitest du nachher?“, fragte Hannah.

Laura nickte. „Erst Sternenschweif und dann Birdie.“

„Ich könnte ihn reiten“, schlug Hannah

vor. „Dann musst du dich nicht um beide kümmern. Ich habe aber keine Reitkappe dabei."

„Kein Problem, ich hab zwei."

Hannah streichelte Birdie. „Dann können wir es ja mal versuchen."

„Cool." Laura versuchte gelassen zu klingen, obwohl sie am liebsten auf und ab gehüpft wäre. Sternenschweif schnaubte. Sie wusste, dass er sich genauso freute wie sie.

Nach dem Frühstück liefen die Mädchen wieder zu den Pferden. Beim Satteln tänzelte Birdie aufgeregt hin und her.

„Er ist ziemlich lebhaft", meinte Hannah nervös.

„Du kannst gerne Sternenschweif reiten, wenn du möchtest."

„Nein, lass mal. Es wird schon gehen."

Als Hannah aufstieg, machte Birdie einen Satz nach vorne. Hannah zog an den Zügeln, und er schüttelte ungehalten seinen Kopf.

„Er wird bestimmt ruhiger, wenn wir erst einmal unterwegs sind“, versicherte Laura ihr. Sie hoffte, dass das auch stimmte.

Doch während sie auf den Wald zuritten, trabte Birdie immer wieder an oder wich zur Seite aus. Hannah verkrampfte sich und zog immer stärker an den Zügeln. Birdie schüttelte unwillig den Kopf. „Ruhig“, murmelte Hannah und presste die Schenkel an seine Seiten. Laura konnte sehen, dass es ihr unangenehm war, dass sie nicht mit ihm klarkam.

„Vielleicht solltest du ihm ein bisschen mehr Zügel geben?“, schlug Laura vor.

„Ich weiß, wie man reitet", erwiderte Hannah schnippisch.

Als sie an der sandigen Galoppstrecke ankamen, schoss Birdie aufgeregt vorwärts. Hannah riss an den Zügeln. Birdie warf seinen Kopf hoch, und Hannah verlor einen Steigbügel.

„Ruhig, Birdie!", rief sie, während sie mit dem Fuß wieder Halt zu finden suchte. Plötzlich raste ein Hase aus dem Unterholz. Erschrocken bäumte Birdie sich auf.

„Pass auf!", schrie Laura, als Hannah im Sattel schwankte und die Zügel verlor.

Hannah keuchte. Sie griff nach den Zügeln, doch sie war nicht schnell genug. Birdie hatte sich in die Trense verbissen und stürmte davon.

8

Entsetzt starrte Laura den beiden nach, bis Birdie mit Hannah, die verzweifelt darum kämpfte, im Sattel zu bleiben, hinter der nächsten Biegung verschwand.

„Rasch, Sternenschweif! Beeil dich!“ Laura beugte sich vor, und Sternenschweif schoss los, aber Birdie war größer und schneller. Als sie um die Kurve bogen, lag der Weg vor ihnen verlassen da.

Lauras Herz trommelte wie wild. Hannah schien Birdie nicht stoppen zu können.

Was, wenn sie hinunterfiel und sich wehtat? Das war alles ihre Schuld! Sie hätte niemals versuchen dürfen, Hannah wieder zum Reiten zu bewegen.

„Schneller, schneller!", spornte sie Sternenschweif an. Sie duckte sich unter den tief hängenden Ästen.

Sternenschweif raste um die nächste Biegung und wieherte erstaunt. Birdie stand schwer atmend am Wegesrand, Hannah tätschelte gelassen seinen Hals. Ihre Stiefel steckten sicher in den Steigbügeln, sie schien ihr Pferd unter Kontrolle zu haben.

„Alles in Ordnung?", rief Laura, während Sternenschweif langsamer wurde.

„Alles klar!", erwiderte Hannah. „Es tut mir leid, dass Birdie durchgegangen ist. Ich hätte ihn eher stoppen sollen, aber ich hatte die Steigbügel verloren." Sie streichelte Birdies Nacken, ihre Augen leuchteten. „Er ist echt klasse. Und wahnsinnig schnell! Als ich Zügel und Steigbügel wieder im Griff hatte, konnte ich ihn sofort anhalten.

Er ist ganz leicht zu lenken. Ich hätte nur die Zügel niemals so sehr anziehen dürfen. Ich war einfach zu nervös. Schön blöd von mir."

Erleichtert musterte Laura das glückliche Gesicht ihrer Cousine. Sie sah kein bisschen erschrocken aus.

„Sollen wir weiterreiten?“, fragte Hannah. „Mir ist nach einem richtig schönen Galopp, aber dieses Mal mit Steigbügeln!“

Laura grinste. „Klingt gut! Gleich kommen einige Baumstämme, über die wir springen können.“

Sie verbrachten eine großartige Zeit im Wald. Auf dem Rückweg strahlte Hannah Laura fröhlich an.

„Das war toll! Ich hatte ganz vergessen, wie viel Spaß das macht. Reiten wir morgen wieder aus? Wir können deine Freundinnen fragen, ob sie mitkommen wollen.“

Sternenschweif schnaubte zufrieden und Laura lächelte in sich hinein. Ihr Plan hatte funktioniert!

Gemächlich ritten sie zur Farm zurück. Den

Rest des Vormittags beschäftigten sie sich damit, Sattel- und Zaumzeug zu polieren und die Sattelkammer auszufegen. Dann gingen sie zum Mittagessen ins Haus zurück.

„Mein Nagellack ist abgeblättert", meinte Hannah, während sie das schmutzige Geschirr in die Spülmaschine räumten. Sie warf einen bedauernden Blick auf ihre Nägel und grinste. „Egal. Das lässt sich leicht wieder in Ordnung bringen." Sie schaute Laura an. „Ich könnte deine gleich mit lackieren, wenn du möchtest."

„Ja, warum nicht?", erwiderte Laura.

In Lauras Zimmer malten sie sich die Fingernägel an und hörten Hannahs CDs. Überrascht entdeckte Laura, dass ihr das sogar Spaß machte. Sie grinste heimlich. Während sie die Mädchenzeitschriften auf dem Bett betrachtete, fragte sie sich, ob sie eines Tages wie Hannah ganz wild auf bestimmte Bands, Songs und all den anderen Kram sein würde. Vielleicht veränderte sich ja wirklich alles, so wie Mrs Fontana gesagt hatte? Laura wedelte mit den Händen, damit der Nagellack schneller trocknete, und ging zum Fenster. Sie betrachtete Sternenschweif und Birdie, die Seite an Seite grasten. Eines würde sich allerdings niemals ändern, das wusste sie genau. Sie würde Sternenschweif immer lieben. Daran müsste sie auch nie ein anderer erinnern!

Als alle im Bett waren, flog Sternenschweif mit Laura zu den Sternen.

„Hat unser Plan nicht großartig funktioniert?", rief er, während sie emporschossen.

„Es hätte gar nicht besser klappen können“, erwiderte Laura. „Hannah will zu Hause wieder Reitunterricht nehmen. Nicht mehr so oft wie früher, aber sie will auf jeden Fall beides machen: mit ihren Freundinnen zusammen sein und reiten. Ich bin so froh!“ Sie drückte Sternenschweif ganz fest. „Du warst heute Morgen einfach klasse!“

Sternenschweif schnaubte vergnügt. Laura glühte vor Freude. Sie liebte es, gemeinsam mit Sternenschweif anderen zu helfen. Plötzlich dachte sie an Mrs Fontana. „Ich wünschte, wir könnten Mrs Fontana wieder gesund machen.“ Sie seufzte.

„Ich auch“, erwiderte Sternenschweif. „Aber sie hat gesagt, dass wir nichts tun können.“

Laura überlegte. „Ich weiß. Aber irgendetwas muss es doch geben! Selbst wenn wir sie nicht ganz gesund machen können, müssten wir doch etwas finden, das es ein bisschen besser macht. Wir helfen doch allen anderen!"

Plötzlich erblickte sie einen weißen Schimmer am Rande einer Lichtung unter ihnen. „Was ist denn das?"

„Sieht wie ein Einhorn aus!" Sternenschweif schnaubte überrascht.

Laura schnappte nach Luft. „Schnell! Lass uns landen und uns das ansehen!"

Als sie näher kamen, erkannte Laura, dass es tatsächlich ein sehr schönes Einhorn mit langer weißer Mähne und einem silbern schimmernden Horn war. Jemand eilte durch den Wald darauf zu.

„Das ist Mrs Fontana!“, flüsterte Laura verblüfft. Die alte Dame bewegte sich mit leichten, schnellen Schritten. Ihr Gesicht strahlte vor Freude. „Glaubst ... glaubst du, das ist ihr Einhorn?“, fragte Laura leise.

„Ich denke schon“, antwortete Sternenschweif, als das Einhorn Mrs Fontana entdeckte und wieherte.

Mrs Fontana begann schneller zu gehen.

Im nächsten Moment schlang sie ihre Arme um das Einhorn, das freudig schnaubte. Laura spürte Sternenschweifs Zögern und verstand ihn sofort. Sie hatte auch das Gefühl, ein Eindringling zu sein.

Mrs Fontana sprach auf das Einhorn ein, das seinen Kopf liebevoll an ihrer Schulter rieb. Schließlich senkte es ihn, als würde es etwas sagen. Mrs Fontana nickte. Überrascht sah Laura, wie das Einhorn vorne in die Knie ging, Mrs Fontana seine Mähne ergriff und sich auf seinen Rücken zog. Als sie sich aufrichtete, dachte Laura, dass sie noch niemals jemanden gesehen hatte, der glücklicher aussah als Mrs Fontana in diesem Augenblick. Der kranke Ausdruck schien spurlos von ihrem Gesicht verschwunden zu sein.

„Mrs Fontana sieht so jung aus“, meinte Laura. „Es muss ihr wieder besser gehen.“

„Sie brauchte meine Magie gar nicht.“ Plötzlich schnaubte Sternenschweif. „Sieh doch nur!“

Das Einhorn schoss empor. Mrs Fontana hielt sich an seiner Mähne fest, ihr gelber Schal wehte im Wind, und ihre Augen leuchteten.

„Sie fliegen!“ Laura starrte ihnen so lange nach, bis die beiden in der Dunkelheit verschwunden waren.

„Ich kann es nicht fassen, dass Mrs Fontanas Einhorn zurückgekommen ist. Glaubst du, dass es die ganze Zeit in Arkadia war?“

„Wahrscheinlich“, antwortete Sternenschweif. „Ich frage mich, ob es zurückgekommen ist, um wieder hier zu leben.“

Laura erinnerte sich an Mrs Fontanas Worte: Eines Tages werden wir uns wiedersehen und uns niemals mehr trennen.

Sie umarmte Sternenschweif. „Ich wette, genau das ist gerade passiert. Ich bin so froh, dass sie wieder zusammen sind. Mrs Fontana sah so jung und glücklich aus."

Sternenschweif wieherte zustimmend. Er schüttelte seine Mähne. „Sollen wir weiterfliegen?"

Sie grinste. „Na klar, worauf wartest du noch!"

9

Am nächsten Morgen stand Hannah mit Laura auf und half ihr mit den Ponys. Sie hatten sich für den Nachmittag mit Mel und Jessica zu einem Ausritt in den Wald verabredet.

„Wenn du möchtest, tauschen wir das Buch um, das ich dir zum Geburtstag geschenkt habe", schlug Laura vor, während sie Birdies Stall ausmisteten.

„Und das macht dir nichts aus?", fragte Hannah. „Weißt du, gestern habe ich gemerkt, wie viel Spaß die Ponys machen. Aber ich glaube, ich habe wirklich genug Pferdebücher."

„Schon okay", antwortete Laura, froh über Hannahs Ehrlichkeit. „Schließlich soll das Buch dir gefallen."

Wieder im Haus fragte Laura ihre Mutter, ob sie sie zur Buchhandlung fahren könnte. Aber als sie dort ankamen, hing ein Schild „Geschlossen" an der Tür.

„Oje", sagte Mrs Foster. „Hoffentlich ist Mrs Fontana nicht ernsthaft krank."

Laura linste durch das Fenster der Eingangstür. Mrs Fontana konnte gar nicht krank sein. Nicht, nachdem sie gestern Nacht so gesund und glücklich ausgesehen hatte. Plötzlich bemerkte sie eine Bewegung. Catherine, Mrs Fontanas Nichte, hatte sie offensichtlich gesehen und kam zur Tür.

„Es tut mir leid“, sagte sie beim Öffnen, „aber wir haben heute geschlossen.“ Ihre Augen waren ganz rot, als hätte sie geweint.

„Ist alles in Ordnung?“, fragte Mrs Foster besorgt.

„Nein, ganz im Gegenteil“, Catherines Stimme zitterte, „meine Tante ist gestern Nacht gestorben.“

Laura starrte sie an. „Mrs Fontana ist tot?“, flüsterte sie fassungslos.

Catherine nickte und schluckte schwer.

„Nein!“, dachte Laura benommen. „Das stimmt nicht. Mrs Fontana kann nicht tot sein!“

„Sie starb gestern Nacht im Schlaf. Ganz friedlich.“

Laura hatte das Gefühl, als wäre ein Eimer mit Eiswasser über ihr ausgeschüttet worden. „Gestern Nacht??"

Catherine nickte.

„Aber wir haben sie doch gesehen!", dachte Laura. Sie biss sich auf die Zunge, um es nicht herauszuschreien. In ihrem Kopf wirbelte alles durcheinander. Ihr Mund fühlte sich ganz trocken an.

„Es tut mir so leid", sagte Mrs Foster mitfühlend. „Wir werden sie sehr vermissen."

„Danke", sagte Catherine mit gepresster Stimme. Sie sah Laura an und schien sich zusammenzureißen. „Vielleicht ist das jetzt nicht der richtige Zeitpunkt, Laura. Aber auf dem Schreibtisch habe ich einen Brief für dich gefunden. Wenn du einen Moment wartest, hole ich ihn."

„Natürlich warten wir“, erwiderte Mrs Foster.

Catherine eilte nach hinten. Kurz darauf kam sie mit einem dicken cremefarbenen Umschlag zurück, auf dem „Laura Foster“ stand. Sie gab ihn Laura und verabschiedete sich.

„Was da wohl drin ist?“, fragte Hannah unsicher.

Laura öffnete den Umschlag und zog ein Blatt Papier heraus.

Laura, meine Zeit ist um – Deine Zeit ist gekommen. Du musst nicht traurig sein. Genauso soll es sein. Jetzt ist der Moment, um die Kiste zu öffnen. Bewahre das Geheimnis gut. In Freundschaft, Mrs Fontana.

Laura faltete den Brief rasch wieder zusammen, damit niemand anders ihn lesen konnte. Ihre Kehle war wie zugeschnürt. Es war wahr. Mrs Fontana war tot!

Ihre Mutter wischte sich über die Augen. „Wir fahren jetzt besser wieder nach Hause."

Betroffen gingen sie zum Auto zurück. Mechanisch setzte Laura einen Fuß vor den anderen.

„Arme Catherine“, sagte Mrs Foster.

Hannah sah Laura an. „Geht's einigermaßen?“

Laura nickte. Sie hatte sich jedoch noch nie in ihrem Leben schlechter gefühlt.

Auf dem Weg nach Hause war in ihrem Kopf nur Platz für einen Gedanken: Mrs Fontana war tot!

Benommen stieg sie aus dem Auto. Hannah warf ihr einen Blick zu und beschloss, sie lieber für eine Weile alleine zu lassen. „Kann ich dir beim Mittagessen helfen, Tante Alice?“, fragte sie.

„Gerne.“ Mrs Foster drückte Laura an sich. „Ich weiß, es ist sehr traurig, mein Schatz.“

„Ich gehe zu Sternenschweif“, murmelte Laura.

Mrs Foster nickte verständnisvoll. „Ich rufe dich, wenn das Essen fertig ist."

Als Sternenschweif Lauras Gesicht sah, schnaubte er besorgt.

Sie kletterte über den Zaun. „Mrs Fontana ist tot", flüsterte sie. Sie konnte es immer noch nicht fassen.

Sternenschweif starrte sie ungläubig an.

„Sie ist letzte Nacht gestorben. Und wir haben sie doch noch gesehen!"

Sternenschweif kam auf sie zu, seine Nase berührte tröstend ihr Gesicht. Laura wünschte sich verzweifelt, ihn in ein Einhorn zu verwandeln, damit sie miteinander reden konnten. Mit einem Mal erinnerte sie sich an den Brief, den sie in ihre Hosentasche gestopft hatte.

„Sie hat mir etwas hinterlassen." Mit stockender Stimme las sie Sternenschweif den Brief vor. Dann schaute sie ihn an. „Jetzt ist der Moment, um die Kiste zu öffnen", wiederholte sie tonlos. „Soll ich sie holen?"

Sternenschweif nickte traurig und stampfte zur Bekräftigung mit einem Vorderhuf auf.

Laura rannte ins Haus. Glücklicherweise begegnete sie niemandem. Atemlos schnappte sie sich die Kiste und lief zu Sternenschweif zurück.

Gespannt sah er zu, wie sie den Schlüssel umdrehte. Einen Moment lang schien er zu klemmen, aber dann ließ er sich problemlos drehen, und das Schloss sprang auf. Behutsam öffnete Laura den Deckel. In der Kiste lagen ein dickes violettes Buch, auf dem in goldener Schrift „Die Geheimnisse der Einhörner" stand, ein silberner Anhänger, der wie ein Stern aussah, und eine Schriftrolle.

Vorsichtig öffnete Laura sie. Die Schrift sah alt und verschnörkelt aus. Laut las sie vor:

Diese Kiste darf nur von einem der Hüter der Geheimnisse der Einhörner geöffnet werden. Du, gleich den anderen Hütern auf dieser Erde, bist dazu auserwählt worden, den Einhörnern und ihren Freunden zu helfen. Dieses Buch unterstützt Dich bei Deiner Aufgabe. Teile seine Weisheit mit anderen, versuche jedoch keinesfalls, alles selbst zu tun. Denke stets daran, dass jedes Einhorn und sein Freund ihren eigenen Weg finden müssen. Hüte das Buch gut. Und sorge dafür, dass keinem Einhorn durch ein Wort von Dir Leid widerfährt.

Laura starrte auf die Rolle. „Wie bitte? Www… was bin ich?"

Ungläubig las sie die Worte erneut. Mit großen Augen schaute sie Sternenschweif an. „Ich bin ein Hüter der Geheimnisse der Einhörner“, stammelte sie. Sie konnte es einfach nicht fassen. „Ich soll anderen Einhorn-Freunden helfen. Meinst du, Mrs Fontana war auch ein Hüter?“

Sternenschweif nickte. Seine Augen waren groß und glänzend.

Laura blickte wieder auf die Rolle. „Wie soll ich jemals das tun, was Mrs Fontana gemacht hat?“, rief sie. Ein Bild stieg in ihr auf: Mrs Fontana mit ihren funkelnden blauen Augen und dem weisen Lächeln in ihrem faltigen Gesicht.

Ein Schluchzen schüttelte sie. „Mrs Fontana. Oh, Mrs Fontana!“ Sie schlang ihre Arme um Sternenschweifs Hals und begann bitterlich zu weinen. Tröstend schmiegte Sternenschweif seinen Kopf an ihre Schulter. Lange Zeit standen sie so. Endlich versiegten Lauras Tränen, und sie wischte sich mit dem Ärmel übers Gesicht. Ihr Kopf schmerzte, und ihre Augen brannten.

Sternenschweifs warmer Atem trocknete ihre letzten Tränen.

„Wenn ich dich doch jetzt bloß in ein Einhorn verwandeln könnte“, flüsterte sie mit rauer Stimme. Vor Kummer tat ihr alles weh. „Heute Nacht komme ich zu dir, sobald ich nur kann.“ Sternenschweif nickte.

„Laura!“, hörte sie ihre Mutter rufen.

Laura atmete tief ein und umarmte Sternenschweif ein letztes Mal, bevor sie langsam zum Haus zurückging.

10

Mrs Foster schaute sie mitfühlend an, als sie die Küche betrat. „Ach, Laura", sagte sie leise und drückte sie fest an sich.

Laura schluckte schwer. Sie wollte nicht mehr weinen.

„Ich weiß, dass du Mrs Fontana sehr gerngehabt hast. Aber sie war schon alt, mein Schatz. Und irgendwann ist für jeden einmal die Zeit gekommen. Ein kleiner Trost ist vielleicht, dass sie jetzt wenigstens keine Schmerzen mehr hat. In den letzten

Wochen ging es ihr ja wohl wirklich nicht mehr gut. Komm, setz dich." Sie führte sie zum Tisch. „Du musst nichts essen. Aber versuch es wenigstens. Vielleicht fühlst du dich danach ein bisschen besser."

Hannah drückte Lauras Arm. „Wir müssen heute Nachmittag nicht ausreiten, wenn du nicht willst."

Laura zögerte. Zum ersten Mal hatte sie tatsächlich keine Lust dazu. Aber Hannah hatte sich so darauf gefreut. Und wenn sie nicht ausritten, würde sie nur zu Hause rumhängen und sich schrecklich fühlen. „Ist schon gut", erwiderte sie leise.

Ihre Mutter streichelte ihr über den Kopf. „Das wird dich ablenken."

Laura nickte stumm, und sie begannen zu essen. Es gab Nudeln mit Käsesauce, eines ihrer Lieblingsgerichte. Aber sie brachte kaum einen Bissen hinunter und war froh, als sie vom Tisch aufstehen konnte.

Sie waren gerade fertig mit Satteln und setzten ihre Reithelme auf, als Jessica und Mel auftauchten. Laura fürchtete sich davor, ihnen von Mrs Fontana erzählen zu müssen. Aber ein Blick in ihre bekümmerten Gesichter sagte ihr genug. Sie wussten bereits Bescheid.

„Hi, Laura", sagte Mel. „Hast ... hast du es auch schon gehört?"

Laura nickte. Mel und Jessica waren nicht so eng mit Mrs Fontana befreundet gewesen. Aber sie wussten, wie sehr Laura sie gemocht hatte.

„Wie geht es dir?", fragte Jessica.

„Es geht so", erwiderte Laura mit einem

Kloß in der Stimme. Sternenschweifs Kopf streifte ihren Arm.

„Willst du wirklich ausreiten?", erkundigte sich Mel.

Laura stellte ihren Fuß in den Steigbügel. „Ja." Sie schwang sich in den Sattel, während Hannah auf Birdie aufsaß. Schweigend ritten sie los. Es kam Laura unwirklich vor, durch den Wald zu reiten und sich an all die Male zu erinnern, die sie Mrs Fontana hier getroffen hatte. Gleichzeitig war es tröstlich, mit Sternenschweif und ihren Freundinnen unterwegs zu sein. Sie ritten zu der großen Lichtung. Schon bald galoppierten Hannah und Birdie über die Hänge, als hätten sie das bereits tausend Mal gemacht. „Das ist echt klasse!", rief Hannah.

Schuldbewusst sah sie Laura an. Aber

Laura wollte nicht, dass Hannah ihretwegen ein schlechtes Gewissen hatte. Schließlich hatte sie Mrs Fontana noch nicht einmal gekannt.

„Das ist es, nicht wahr?“ Sie rang sich ein Lächeln ab und galoppierte los. „Wer möchte eine Runde Fangen spielen?“

„Ich!“, ertönten drei Stimmen gleichzeitig. Und schon sausten sie los.

„Wenn ich das nächste Mal auf Besuch komme, müssen wir unbedingt wieder hierherkommen“, sagte Hannah auf dem Rückweg.

„Wenn es dann Sommer ist, können wir ein Picknick machen“, meinte Mel.

„Vielleicht sogar zelten“, schlug Jess vor. „Und Grace und Jo-Ann dazu einladen.“

„Das klingt wundervoll!“ Mit glänzenden Augen beteiligte Hannah sich an den Plänen.

Laura strich über Sternenschweifs Hals und hörte ihnen zu. Der Nachmittag war besser verlaufen, als sie gedacht hatte. Aber jetzt sehnte sie sich nur noch danach, Sternenschweif in ein Einhorn zu verwandeln und endlich mit ihm allein zu sein.

Nach dem Abendessen half Laura Hannah beim Packen, damit sie am nächsten Tag vor ihrer Abfahrt noch so viel Zeit wie möglich mit den Ponys verbringen konnten. Hannah lächelte Laura dankbar an, als sie ihren Koffer schloss. „Danke für alles, Laura! Es war richtig schön hier."

„Fragst du deine Eltern, ob du im Sommer wiederkommen kannst?"

„Auf jeden Fall! Vielleicht bleibe ich dann sogar eine ganze Woche. Ich bin so froh, dass du mich daran erinnert hast, wie sehr ich Pferde und das Reiten liebe. Ich werde das niemals wieder vergessen!"

„Das würde ich auch gar nicht zulassen", erwiderte Laura lächelnd. „Ich werde dir andauernd Fotos von Sternenschweif und Birdie mailen."

„Darauf bestehe ich!" Hannah musste gähnen. „Ich bin ganz schön müde. Das kommt bestimmt vom Reiten."

Sie nahmen sich kurz in den Arm und wünschten sich eine gute Nacht.

Laura wartete in ihrem Zimmer, bis ihre Eltern ebenfalls ins Bett gingen. Währenddessen blätterte sie in dem alten Buch aus der Kiste. Es schien unglaublich viele Arten von Einhorn-Magie zu geben und noch mehr Möglichkeiten, sie einzusetzen.

Sie rieb sich die Stirn. Das war bestimmt alles wichtig, aber im Moment einfach zu viel für sie. Sie konnte immer noch nicht fassen, dass sie eine Hüterin werden sollte. Sie wusste doch gar nicht genug!

Sobald das Haus still war, lief Laura zur Koppel. Rasch verwandelte sie Sternenschweif in ein Einhorn.

„Ich kann einfach nicht glauben, dass Mrs Fontana tot ist“, waren seine ersten Worte.

„Ich auch nicht. Und ich soll die nächste Hüterin sein! Dabei weiß ich noch nicht einmal genau, was das überhaupt ist.“

Sternenschweif schaute sie an.

„Mrs Fontana hätte dich nicht dazu bestimmt, wenn sie nicht davon überzeugt gewesen wäre, dass du die Richtige bist. Außerdem hast du das Buch, und ich bin ja auch noch da."

„Wahrscheinlich hast du recht." Laura fühlte sich etwas besser. „Aber was genau sollen wir eigentlich tun?"

„Einhörnern und ihren Freunden zur Seite stehen, so wie Mrs Fontana es getan hat." Sternenschweif dachte nach. „Wahrscheinlich müssen wir nach Einhörnern Ausschau halten, die unsere Hilfe brauchen. Und nicht nur unseren Freunden und den Leuten helfen, die uns zufällig begegnen."

„Alles wird sich ändern", meinte Laura.

„So ist das nun mal", erwiderte Sternenschweif leise.

Laura erinnerte sich an Mrs Fontanas Brief. „Genauso soll es sein", hatte sie geschrieben. Sie schmiegte ihren Kopf an Sternenschweif. „Glaubst du, dass alle Einhorn-Freunde mit ihren Einhörnern nach Arkadia fliegen, wenn sie sterben? Und dass Mrs Fontana ebenfalls dorthin gegangen ist?"

„Ich weiß es nicht."

„Vielleicht sind sie in Arkadia für immer zusammen?", überlegte Laura. Plötzlich hatte sie eine Idee. „Warum schauen wir nicht im steinernen Spiegel nach?"

Dank seiner Zauberkräfte konnte Sternenschweif sehen, was Menschen an irgendeinem anderen Ort auf der Welt taten. Dafür musste er nur einen Stein aus Rosenquarz mit seinem Horn berühren.

Laura schwang sich auf seinen Rücken, und sie flogen zum anderen Ende der Koppel, wo einige solcher Steine lagen.

Laura stellte sich neben Sternenschweif. Sacht berührte er mit seinem Horn einen der Steine. „Mrs Fontana", sagte er.

Ein violetter Blitz flammte auf und Nebel bedeckte den Stein. Als er sich aufgelöst hatte, schimmerte die Oberfläche wie ein Spiegel. Laura hielt den Atem an, während sie sich langsam darüberbeugte. Was würde er ihnen zeigen?

Sie sahen … nichts!

Nichts, außer einem wirbelnden, violetten Dunst, der alles verbarg. Kein Zeichen von Mrs Fontana.

„Was ist denn das? Warum funktioniert es nicht?", fragte Laura verwirrt. Sie hatten noch nie zuvor versucht, nach Arkadia zu schauen. „Meinst du, das geht nicht?"

„Vielleicht ist Mrs Fontana dort, wohin auch Einhorn-Magie nicht sehen kann", erwiderte Sternenschweif sanft.

Sie blickten noch einmal in den Spiegel. Der Dunst schien sich zu lichten. Laura verspürte plötzlich den Drang, den Spiegel zu berühren. Als ihre Finger an den Stein stießen, schnappte sie nach Luft. Wärme stieg wie eine unsichtbare Welle aus dem Stein auf und umhüllte sie. Sie fühlte sich sicher und geborgen.

Sternenschweif schnaubte erstaunt.

„Fühlst du das auch?", fragte sie mit zittriger Stimme.

Er nickte. „Es fühlt sich an, als ob … als ob Mrs Fontana hier wäre."

„Und über uns wacht“, flüsterte Laura.

Sternenschweif hob seinen Kopf. Der Stein hörte auf zu schimmern, und Laura fühlte, wie die Welle sich zurückzog. Das Gefühl der Wärme blieb jedoch in ihr zurück. Sie sah Sternenschweif an.

„Auch wenn wir sie nicht sehen können, ist Mrs Fontana irgendwie bei uns."

„Und sie ist mit ihrem Einhorn zusammen", sagte Sternenschweif. „Ich habe es ganz deutlich gespürt."

Laura erinnerte sich daran, wie Mrs Fontana in der vergangenen Nacht ihr Einhorn umarmt hatte. Und wie glücklich sie ausgesehen hatte. Alle Spuren von Schmerz und Sorge waren aus ihrem Gesicht verschwunden. Laura wusste, dass sie Mrs Fontana nie mehr wiedersehen würden. Aber jetzt war sie deswegen nicht mehr ganz so traurig. Mrs Fontana hatte recht. Alles veränderte sich – das gehörte zum Leben –, doch nicht jede Veränderung war schlecht. Mrs Fontana war fort. Aber sie war für immer mit ihrem Einhorn zusammen.

„Und ich hüte die Geheimnisse der Einhörner", dachte Laura andächtig. Aufregung ergriff sie. Sie und Sternenschweif hatten so viel zu tun, so vielen Menschen zu helfen, so viele Abenteuer zu bestehen. Sie erinnerte sich an Mrs Fontanas Brief: Deine Zeit ist gekommen. „Jetzt sind wir an der Reihe, Sternenschweif", sagte sie leise.

Laura schaute auf. Die Sterne glänzten hell und verheißungsvoll. „Wir werden unser Bestes geben, Mrs Fontana. Das versprechen wir!"

Ein Echo von Mrs Fontanas weiser Stimme schien in ihrem Kopf zu erklingen. „Das weiß ich, meine Lieben. Das werdet ihr immer tun."

Ruhe und Zufriedenheit durchströmten

Laura. Sie schlang ihre Arme um Sternenschweif. Das Leben änderte sich. Menschen änderten sich. Aber eines wusste sie ganz bestimmt – Sternenschweif und sie würden sich immer gernhaben und füreinander da sein. Das würde sich niemals ändern!

Feierlich sah sie ihr Einhorn an: „Ich habe dich lieb, Sternenschweif!"

Er stellte seine Ohren auf, sein Fell schimmerte im Licht des Mondes. „Für immer und ewig?"

„Für immer und alle Zeit", erwiderte Laura lächelnd.

Umschlaggestaltung von Atelier Reichert, Stuttgart,
unter Verwendung einer Illustration von Silvia Christoph.
Textillustrationen © Biz Hull
Aus dem Englischen übersetzt von Bettina Schaub.

Titel der englischen Originalausgabe:
Linda Chapman: My Secret Unicorn – Keeper of Magic
© Working Partners Ltd. 2007
First published by Puffin Books, London 2007

Weitere Bände in dieser Reihe siehe S. 128

Gedruckt auf chlorfrei gebleichtem Papier

1. Auflage

ISBN 978-3-440-11122-2
Redaktion: Ina Brandt
Layout: Ralf Paucke
Produktion: DOPPELPUNKT Auch & Grätzbach GbR, Stuttgart
Printed in the Czech Republic/Imprimé en République tchèque

Sternenschweif

Linda Chapman
Spuren im Zauberwald
ISBN 978-3-440-10771-3

Linda Chapman
Mondscheinzauber
ISBN 978-3-440-10808-6

Linda Chapman
Magischer Sternenregen
ISBN 978-3-440-11121-5

Wenn Laura im Schutz der Dunkelheit die magischen Worte spricht, verwandelt sich ihr Pony Sternenschweif in ein strahlendes Einhorn. Dann können die beiden sogar durch die Luft galoppieren! Welche verborgenen Zauberkräfte mag Sternenschweif noch besitzen?

In der Reihe sind außerdem erschienen:

- Geheimnisvolle Verwandlung ISBN 978-3-440-09901-8
- Sprung in die Nacht ISBN 978-3-440-09900-1
- Der steinerne Spiegel ISBN 978-3-440-09987-2
- Lauras Zauberritt ISBN 978-3-440-09986-5
- Sternenschweifs Geheimnis ISBN 978-3-440-10169-8
- Freunde im Zauberreich ISBN 978-3-440-10238-1
- Nacht der 1000 Sterne ISBN 978-3-440-10339-5
- Die Macht des Einhorns ISBN 978-3-440-10385-2
- Flug durch die Nacht ISBN 978-3-440-10610-5
- Geheimnisvolles Fohlen ISBN 978-3-440-10611-2
- Der goldene Schlüssel ISBN 978-3-440-11122-2

Jeder Band mit: 128 Seiten
Je € 7,95; €/A 8,20; sFr 15,30
Preisänderung vorbehalten

www.kosmos.de

KOSMOS